새를 그리다

시작시인선 0444 새를 그리다

1판 1쇄 펴낸날 2022년 10월 24일
지은이 이오우
펴낸이 이재무
기획위원 김춘식, 유성호, 이형권, 임지연, 홍용희
책임편집 박찬세
편집디자인 민성돈
펴낸곳 (주)천년의시작
등록번호 제301-2012-033호
등록일자 2006년 1월 10일
주소 (03132) 서울시 종로구 삼일대로32길 36 운현신화타워 502호
전화 02-723-8668
팩스 02-723-8630
블로그 blog.naver.com/poemsijak
이메일 poemsijak@hanmail.net

ISBN 978-89-6021-672-3 04810
978-89-6021-069-1 04810(세트)

값 10,000원

*본 도서는 충청남도, 충남문화재단의 후원으로 발간되었습니다.

새를 그리다

이오우

천년의 시작

시인의 말

가볍지도 무겁지도 않게
사유의 부리와 서정의 깃털로
슬픔을 응시하듯
날아가는 새를 그리고 싶었다

지저귀는 소리에서 기저귀를 발견하는
순진함을 놓치고 싶지 않았다
멋을 부리기보다는 맛을 내고 싶었다

오래된 손맛 물리지 않는 맛으로
버무려진 밥상
나누는 자리에 서고 싶다

차 례

제2부

제3부

제4부

해 설

제1부

거미줄

그물이 아니다
진주 목걸이도 아니다
이것은 내 살이고 뼈다
나의 터전이며 날개이다
우주의 지도이다
하늘과 땅을 잇는
신령한 주문이며
신이 허락한 무덤이다
바람에 꺾이지 않는
시간에 걸리지 않는
고대의 문장이며
미래의 초원이다
생과 죽음이 함께 영면하는 미로다
기다림의 승리요
체액으로 일군 일터다
어스름한 저녁
달빛을 버무리고
별자리를 보듬는
초월을 꿈꾸는, 약속이다

그해 여름

우리는 입을 잃어버렸다
웃음의 빛깔도
숨결의 통로도 모두 잃었다
누군가 여름을 매점매석했다
하늘도 격하게 눈물을 뿌렸다

소들이 수영하다 힘이 빠져 익사하고
더러는 흙탕물을 간신히 빠져나와
입산한 날도 있었다

만삭의 댐이 해산하는 순간
수초에 매달린 죄 없는 사람들이 수장되었다
송악면 동화리 1구 부녀회장네
자갈밭 참깨들도 행방불명이다

장마에 도마뱀이 새끼를 쳤다
폭염에 말라 죽은 녀석은
꼬리를 베고 와불처럼 누웠다
나뭇잎이 이상한 기운을 알아차렸다
입을 조금씩 다물고 숨을 고른다

나는 이제 누구와 싸워야 하나

까치와 다람쥐의 연합군이 쳐들어왔다
매달린 것들을 약탈한다
나는 속수무책, 참새들도 까치 편이다
백로는 뒷짐만 지고 있다
개구리도 숨죽였다
꿀벌처럼 일해도 꿀을 따 가는 놈은 따로 있다
나의 싸움은 헛수고가 되기 십상이다

나는 나의 아침과 싸울 뿐이다
잃어버린 영토를 찾아 떠나자
별을 노래하는 눈동자를 오래 기억하자
전율의 음성을 뼈에 새기며 맘껏 울어 보자

잃어버린 시간 위에서 더 이상
미끄러지지 말자

전화를 했다, 가을이

나에게 전화를 했다
오랜만이라고

노을이 붉은 저녁
눈을 감듯 지는 해를 배웅할 때
억새꽃과 모래톱 사이에서
웅크리고 있던 바람이 들려준
신음 같은 소리
사그라드는 음성이었다

어깨가 잘린 산등성이
높이 솟은 철탑에 걸린
검은 핏줄을 타고 흐르는
만질 수 없는 감도였다

누구도 귀담아듣지 않는
미군 아파치 헬기의
능숙한 조종술에 쫓긴
철새들의 부리 끝에 매달린
여물고 차가운 울음이었다

>

가을이 나에게 전화를 했다
잘 지내고 있느냐고

샛강 바닥으로 어둠이 깔릴 때
깜박이는 별빛을 이야기하자고 했다

푸른 언덕은 고속도로
황금 들판은 지방 도로
빛은 그렇게 쏘다니느라
검은 얼굴이라고,
뒤통수는 어둠이라고 했다

어둠을 몰아내는 너와 나의
꿈은 어디로 갔느냐고

가을이 내게 물었다

여행

우리는
배꼽이 도망다니고
웃음이 날아다니는 곳으로
여행을 멈추지 말아야 한다

인생의 환절기에도 꽃은 피고
터널 속에도 한 줄기 빛은 있다

과거의 여관을 나와 현재를 여행하자
미래가 우리를 초대했다

산과 바다가 부르고
강과 들이 손짓하는
바람과 햇살이 손잡는 곳
인생의 오솔길을 따라가다 보면
폭포처럼 뛰어내릴 찰나를 만날 것이다

아찔한 행복과 부서지는 희열,
무지개가 뜨는 순고한 계곡을 따라
일급수 사랑을 나누자

휘영청

달이 휘영청 밝다
휘영청이 달빛을 뿜는다
달은 고유명사다
휘영청은 달을 주어로 삼는 부사다
오직 달만을 수식하는 고유 부사다
보름을 보좌하고
달빛을 거느리는 휘영청
사랑의 향기를 비춘다는
전설의 고유 부사,
세상 번뇌를 잠재우듯
두근대던 것들을 쓰다듬고
눈부신 것들을 달래는
조용한 손길이 지배하는

휘영청 밤이다

낙엽이 떨어지는 속도

시간을 미분하여

떨어지는 낙엽의 속도를 구하라는 문제가

수능 시험에

출제되었다고 한다

철새

큰아들을 훈련소 보내고 집으로 돌아왔다 지난 시간들 앞에 남겨진 시간들이 보초를 서기 시작했다 아니, 남겨진 시간 속에 지난 시간들과 다가올 시간들이 한데 버무려졌다 오늘이 흐릿하다 어제와 다른 오늘이 낯설다

강원도로, 내가 입대했던 30년 전 여름이 뜨겁게 쏟아진다

강원도의 겨울은 하얗게 얼어 있었다 코로나 방역으로 훈련소 냄새도 못 맡고,

이별은 덩그렇게 아들이 내린 자리에 올라탔다 훌쩍, 아들이 입영한 날 작은 새를 보낸 나뭇가지처럼 보이지 않는 떨림이 왔다 흔들릴 듯, 시간의 나이테가 공진하며 가슴을 때렸다 그렇게 하루가 갔다

달빛 아래에서 나의 우듬지가 조용히 말했다
이별은 잠시라고
철새는 떠나는 새가 아니라
다시 돌아오는 새라고

석화

시장에서 석화를 사 왔다 한 망에 만 육천 원, 20kg의 돌꽃이다 돌에 붙어 자라는 굴, 돌을 닮아 무끈하다

뜨겁게 달궈진 돌이 몸을 열었다 굴은 돌처럼 단련된 태초의 생각을 나에게 하얗게 넘길 것이다 깜깜한 굴속에서 길고 긴 묵언 수행이 빠져나올 것이다 골수와 정수가 내게 건너올 것이다

바위가 키운 생각들, 밀물과 썰물의 체취로 키운 바다의 내면을 빨아 먹을 것이다 나는 오늘 바다의 숨결과 그 맥박으로 자란 돌의 마음을 먹을 것이다

단단하고 여린 속이 꽃을 피울 것이다

새 떼들

혼자라면
그 먼 길을 어찌
올 수 있었으리

홀로라면
그 먼 길을 어이
갈 수 있으리

함께여서
오고 가는 길
힘차구나

벅차구나

눈길을 걷는다는 것은

아침 햇살 투명한 호숫가
백설의 광장을 걸으면
발밑에서 부서지는 고소한 소리
과자를 밟는 맛이다
분주히 설원을 오고 간 음표들이 분분하다
하얀 높은음자리가 음각되어 있고
종알종알 반짝이는 낮은음자리표들
관악기와 현악기의 중간 음의 궤적과
날개를 퍼덕이며 뛰었을 하얀 깃털의
몸짓들이 지문처럼 남았다
겨울 호숫가 눈길을 걷는다는 것은
세상에 없는 연주를 듣는 즐거움
고소한 파열음을 반주 삼아
먼저 다녀간 것들과 멀리서 날아온 소식을
가만가만 도화지에 써 내려간 사랑 노래
새들의 지신밟기와 맨발의 춤이
부적처럼 깔린 겨울 호수에서
고소하고 알싸하게 부서지는 생강 한과를
조식으로 먹었다

호 호

호 호 불면
불씨가 살아나듯

호 호 웃으면
마음씨도 살아난다

호 호
참 좋다

호 호
부르고 부르는
말

아픈 자리도

호 호

향을 피우다

아파트에서 삼겹살을 구워 먹을 때는
냄새까지 먹어 치워야 한다
달콤한 식욕과 풍족한 식감
자글자글, 마법같이 번지는
꿀 같은 소리에 취할 때쯤, 아파트는
송두리째 고기 내음에 점령당하고 만다
다 먹어 치우지 못한 잡내를 잡기 위해
향을 피운다
눈에는 눈. 이에는 이다
냄새와 향이 공중 부양한 채
샅바 싸움을 하며 엉겨 붙는다
솔 향이 삼겹살의 옆구리를 파고든다
거실 문을 열자 일제히 입장하는
바람의 응원
향의 몸놀림이 왕희지의 붓끝처럼 힘차다
아파트에서 삼겹살을 구워 먹은 날
먹어 치우지 못한 고기의 영혼이 떠돌 때
꿀꿀함의 뒤안길을 배웅할
조촐한 분향이 필요하다
꿀꿀이의 콧잔등을 생각하며

어디선가 살신 공양하고 있을 족속들을 향해
한 번쯤 머리를 조아려야 한다

반송

판문점에는 1953년생 반송이 자라고 있다 상주에는 천연 기념물 293호 반송이 버티고 있다 현충사에는 줄기가 12개로 뻗은 우람한 반송이 자리 잡고 있다 반송은 우산 모양으로 자라는 멋진 소나무다 여러 변종이 있지만 유전적 요인은 아직 모른다 놀라운 것은 반송은 암솔방울과 수솔방울이 혼재하는 성전환이 일어난다는 점이다 부산 해운대구 반송동에서 1969년부터 떡집을 운영하는 사장님을 보면서 대둔산 애기바위 머리에 자라는 천년 소나무의 이마와 천불동 계곡과 공룡능선에 가부좌를 틀고 앉은 소나무의 무릎과 수덕사 일주문 소나무의 중심과 속리산 정이품송의 안부까지 기억으로부터 반송되어 왔다

소나무라도 다 같은 소나무가 아니다
우리가 사랑하는 소나무는 모두
시간의 소실점에 침을 꽂고 풍상을 진맥하는
늙은 의원을 닮았다

봄동

겨우내 산비탈 묵정밭에서 노랗게 발기한 놈
저런 튼실한 잡놈은 첨이다
시골 아낙네 치맛자락 흔들고 지나갈 때마다
고놈, 푸른 잎사귀 안에 노란 속고갱이를 부르르 떨었으리라

달빛의 젖꼭지를 물고 잠들었을 것들
별빛을 보며 작은 입술로 옹알이했을 것들
새벽녘 함박눈 맞으며 몽정도 했으리라

온양 전통 시장, 채소 장수 할머니
주섬주섬 담아 주는 비닐봉지에 담겨
새치름한 그녀 손에 채였다
고소한 그녀 손에 조물조물 버무려져도
허물어지지 않는 고소함으로 씹힐 봄동

벌써 입 속이 온통 봄이다

자작나무

내가 사는 푸르지오 아파트 백사 동과 백삼 동 사이에는 자작나무 아홉 그루가 산다 불원불근不遠不近, 누구를 부르거나 궁금해하지 않는다 생각의 각도를 넘겨짚거나 피부의 효용을 따지지 않는다

서로를 탓하거나 자리를 원망하지 않는다 못생겼다 우울해하거나, 생김새를 다투지 않는다 왜 여기에 와 있는지 운명을 논하지 않는다

대대로 고산족의 후예로 하늘 끝자락을 헤엄치며 살았을, 백두산 호랑이를 모시고 백두대간 등뼈를 닮은, 핏줄은 늘 뜨겁다는 아홉 그루가 그렇게 서 있다 마구 잘려 나간 몸통으로

생과 사의 비무장지대에서 생사를 잊은 채 비에 젖어 잠시 흔들릴 뿐 불구의 몸은 울지 않는다 그저 끄덕일 뿐 안부를 묻지도 않는다 점점 멀어지는 잎사귀 사이사이로 수직의 절망이 박힐 때에도

올라hola

세상 어딘들
늪이 없겠어요

브라질
초원에 사는
할아버지 말

마음을 흔드는 일을 해라

제2부

두근두근

불쑥 찾아온 치통이 신경을 찌르는 찰나
눈물샘이 엎어진다
십 년 만에 찾은 치과
의자에 누우니 나도 모르게 두근두근
가슴에 손을 얹고 누워 크게 입을 벌린다
아, 이제 사랑니도 없고
두근댈 일도 적어지니
이런 데나 자주 오라는가
저작咀嚼을 못하면 어쩌나
아, 속 보인다 속 좀 차려라
애꿎은 어금니만 악물지 말고
저작著作에 힘쓰라는 말씀,
두근두근 가슴 뛰는 저작 말이다

오래 씹어야 맛있는 것이 어디 음식뿐이랴
가슴 뛰는 문장도 씹으면 씹을수록 맛나다

리아스식 사랑

서해안과 남해안 같은
굴곡이 많아 아름다운
융기 해안과 침식 해안 같은
사랑이 있다지요

돌아 돌아 만나는 뱃길이 있고
부드럽고 줄기차게 생명을 품고
고요하지만 변화무쌍한 모습으로
그 깊이를 헤아릴 수 없으며
천 개의 섬을 키워 낸 모성의
풍만한 가슴을 가졌다지요

육지와 바다가 얼싸안고
치근덕거린다 투덜대지 않고
맨살을 비비며 본질에 충실한 사랑
서로의 고단함을 어루만지는
손끝과 발끝이 있다지요

솟는 해와 뜨는 달을
함께 우러르고

석양에 물들며
어깨동무한다는, 그런
사랑이 있다지요

행당족발

학생들 하교하는 골목에
황금 족발이 육체미를 뽐낸다
구수한 향기를 학습한 아이들이 단골이 되는 집
학교를 졸업한 아이들이 객지에서 돌아오면
가족이 함께 먹는 살가운 맛
안주인의 넉넉한 웃음이 빚은
입에서 입으로 전해진 친절한 맛
어리굴젓과 조화를 부리는 맛
헐거운 삶을 낭창낭창하게 조여 주는 맛
가뿐하게 소주를 부르는 육자배기 같은 맛
허한 가슴들 모여 앉으면 저절로 힘이 붙는 맛
허연 뼈가 드러나도록 생활을 발라내고
고단한 무릎이 쭉쭉 펴지게
그렇고 그런 사람들 엉덩이를 부르는 곳
허물없는 맛을 허물없이 나누는 곳
그럼 돼지, 가 대미를 장식하는 곳
다 잘될 것 같은 기분이 발목을 잡는
친구가 찾아와 기다리고 있을 것 같은
그런

점심 급식

꽁치 한 토막을 식판에 담는다
수억 년의 시간이 담긴다
대가리는 날아간 지 오래다
내장도 알뜰히 비웠다

그의 척추를 발라내며
조상의 슬기가 배어 있을 것 같은
날렵함을 한 점 입에 문다
비릿한 짭짤함이 혀 위에서 꼬리친다
아득한 바다가 푸른 등줄기를 타고 온다

한 뼘으로 누볐을 시간의 미로가
토막 지느러미로 줄지어 있다
턱은 부리를 닮아 바다를 날아다녔을
가슴지느러미와 꼬리지느러미가 추락한 곳

간간이 들려오는 파도 소리를 먹는다

죄 없는 죽음

유리창에 머리를 박은 참새 한 마리
모가지가 부러진 채 잠들어 있다

솜털 하나가 유리에 붙어 파닥인다
환영 같은 충돌
창공이 벽이 될 수 있다는 것을
알아차릴 시간도 없었다

아침 햇살을 노래하지 말아야 했다
기쁨에 한눈팔지 말아야 했다
재빠르게 날지도 말아야 했다
후회가 맷돌처럼 돌고 있다

무사 귀환을 기다리던 둥지는
쓸쓸히 석양빛을 담고
바람의 발길질에 힘없이 맥이 풀릴 것이다

허튼 춤사위로 날아 본 적 없는 몸이
아침의 찬가를 1절도 다 못 부르고
작은 입을 꼭 다문 채

있는 듯 없는 듯 가벼이 땅을 베고 누웠다

꽃잎 한 장 덮어 주자

봄밤

푸른 하늘 아래 나무들이 일제히 입을 열고 신비한 주문을 외우며 하얀 지전을 뿌리고 있다 4월의 제천의식은 나무들이 태초부터 이어 온 전통이다 초대장도 없이 찾아와 북새통을 이루는 정체불명의 마스크들로 전야제는 난장판이 되었다 스쿠터의 굉음과 상가의 불빛이 비루하다 통속에서 빠져나오고 싶은 사람들이 스마트폰에 주워 담는 것은 박제된 봄밤의 기억일 뿐

입 없는 웃음을 강아지가 따라간다 김밥처럼 말아 한 입에 먹어 치울 분량의 추억이면 족한 부족들이다 다림세탁소에 맡긴 겨울 외투는 망각의 숲에서 긴 여름잠에 들 것이다 왕복 8차선을 가득 메운 비명들, 24시간 골프 연습장은 문전성시를 이루고 새로 들어선 고깃집도 명당이다 안전벨트가 채워진 5030도로를 4월이 달린다 침묵의 혀처럼 충혈된 박태기꽃과 연산홍은 술기운이 잔뜩 오른 듯, 흐린 하늘 아래 목이 컬컬한 소나무의 쉰 헛기침 소리 들린다

초승달로 슬픔을 베어 먹고 싶은 봄밤이다

남산 운동회

남산이 여산이 아닌 것이 확실하다
울룩불룩 푸른 옷을 걸치는 것을 보면
남산이 내 산이 아닌 것도 확실하다
시도 때도 없이 찾는 사람이 많은 것을 보면
남산이 산이 아닌 것도 확실하다
산에 가기 싫어하는 아내도 먼저 가자는 것을 보면
남산만 한 배를 안고 오르던 날도 있었다
남산은 산인 것이 분명하다
아들 녀석, 같이 가자 하니
힘들게 산에는 왜 가냐는 것을 보면
남산에 가면 운동기구마다 매달린 사람들
나무둥치에 등을 부리며
금강불괴를 연마하는 할머니도 만날 수 있다
강아지도 뛰고 청설모도 날아다닌다
남산은 매일 운동회가 열린다
약수터부터 길게 줄을 서는 사람들
새벽부터 걷고 달리고 매달리고 손뼉친다
운 좋게 1등을 하면
산딸기를 상품으로 받을 수도 있다

비행 청소년

오늘은 최초의 비행이다
하늘을 날아 본 적 없는 나는
매일 하늘을 나는 꿈을 꾸었지

참새나 독수리처럼 날기도 하고
한라산의 겨울 까마귀가 되기도 한다
제비처럼 논두렁을 활주로 삼기도 한다

그러나 나는 가을 끝자락 바지랑이 끝에 앉아
무르익어 가는 들판을 경외하며
투명한 비단 날개를 가진 잠자리,

자유로 단련된 날갯짓으로
살금살금 아이들과 술래잡기하며
빛나는 꿈자리를 날아다니는 고추잠자리다

수억 년의 비행 지도가 내 안에 있다
시뮬레이션도 모두 마쳤다
비행의 첨단을 보여 줄 것이다
가을을 접수할 것이다

5월의 비

바람 한 점 없는 5월
아침부터 내리는 비

남대천 연어의 산란을 돕고
독도 갈매기를 만나고 왔다
잉카의 제국을 여행하고
사하라사막을 떠돌기도 했다

오월의 아침을 연주하는 비의 화음
다시 여행을 떠나는 사람처럼
빛나는 걸음

살구의 속살이 되고
탱자나무 울타리가 되고
소나무의 우듬지가 되는 꿈
장미가 되고
냉이꽃이 되는 방울방울
생명의 눈동자들

지구에게

나는 그대에게
맹그로브 숲을
선물하고 싶다

붉은 뿌리
긴 호흡
탄소 저장고

맹그로브 숲을 생각하며
탄소 중립
맹그러브리자

새를 그리다

오늘을 기다렸어요
오늘만큼 소중한 날은 없으니까요
가벼이 재잘재잘 흥얼흥얼 또랑또랑
어울렁 더울렁 소울을 노래해야죠
오늘은 처음이죠 시작이죠
새벽과 입맞춤하니 부리부리하네요
새로 시작하는 거죠
대지를 박차고 올라
꿈의 날갯짓에 박차를 가해야죠
부리의 노래는 불의를 모르죠
나는 오늘의 옷을 새로 입을 거예요
새를 그린 옷을 입고
새로 그린 오늘을 살 거예요

숨

숨이 붙어 있는 길고양이 새끼를 라면 박스에 담아 동물병원으로 갔다 항문에 체온계를 꼽았다 8월, 한낮의 땡볕에 쓰러진 길고양이 새끼는 끝내 한 줌의 체온을 놓아 버렸다

애초에는 한 마리였다 근처 풀밭에 두 마리가 더 있었다 어미는 보이지 않았다 며칠을 돌봤다 나의 손길이 어미의 품을 대신할 순 없었다 먹이를 준 게 화근이었을까 작은 숨들이 제 갈 길로 갔다 한낮의 폭염이 데려간 자리에 9만 원의 결제가 떨어졌다 잠시 빛나던 순간, 숨이 붙어 있다 떠난 자리, 속절없다

꺼진 숨을 묻고 왔다, 어둠을 찢고 나온 여린 숨결이 한 올 한 올 모여 동아줄이 된다 숨 한 번 쉬는 사이 생이 한 번 꺼졌다 다시 살아난다 어디선가 태어나는 새 숨들 있겠지 복화술처럼 내뱉는 보이지 않는 숨소리 있겠지

노을

노을에는 땀내가 난다

붉게 쌓이는 하루의 곳간

내일의 둥지를 향한 날갯짓

사뿐, 눈물겹다

말복

여름을 우러러
한 점 부끄럼 없는 매미처럼
나의 소금밭을 돌아보자

천일염 같은
사랑의 매질을 달게 받자

가마솥의 숭늉처럼
구수한 땀방울을 훔치자

열광의 무대는
엎드린 자에게
마지막 복을 내리는
해피 엔딩으로 끝날 것이다

옹골진 알곡의 잔치는 뒤풀이다

제3부

나비

언제부턴가 어깨가 뻐근하더니 새벽마다 왼쪽 어깨에 찾아오는 통증에 잠이 깨곤 한다 통증의 꿈틀거림이 대뇌피질을 스멀스멀 파고들 때, 여기저기 굴러다닌 양은 주전자처럼 얼굴은 일그러지고 몸은 골병든 사과처럼 구석에 처박힌다 오십견이라는 자가 진단을 내려 보지만 벌레가 기어 다니는 몸을 어쩔까,

기다려 보자 통증의 자리, 울음 터 하나쯤 만들어 보자 의사의 집도를 허락하기엔 아직 이르다 내가 키운 것이니 내가 길들여 보자, 살살 어루만져 보자, 이리저리 뼈마디를 돌려 가며 오므렸다 폈다 하며 날갯짓하듯 팔운동을 하면서 인내의 먹이를 주자

파멸에서 시작이다, 내 살기를 파먹고 너는 성충이 되고 몇 잠을 자고 나면 나비가 되어 날아가겠지, 나는 너의 빈 자리를 기억하겠다 파스처럼 붙었다 떨어져 나간 너의 기억을 향해 나는 한 번 더 날갯짓을 할 것이다

그림자

반하고 싶은데 변한 것 하나 없네
혹하고 싶은데 혹시나 하고 있네
누군가는 열심히 시집을 출간하고
누군가는 대통령에 출마한다네
세상은 부지런히 움직이는데
나는 여전히 기다리기만 하네
가을 햇살은 담벼락을 길게 누이고
담쟁이넝쿨은 돌을 껴안고 환장하고
떨어지자고
멀어지자고
잊어버리자고
돌아보지 말자고
힘껏 달려 보기도 하고
눈길을 지워 버리기도 하네
나의 그림자
벗어날 수 없는
나의 응달

나는 쌍시옷을 좋아해

ㅅㅅ 사람과 사람
둘이 걸어가잖아
ㅅㅅ 산과 산이
ㅅㅅ 수수하고
ㅅㅅ 소소하게
손잡고 나란히 가듯
쓰담쓰담하며 살아가요
싸우지 말고 쌀밥처럼 살아요
사랑의 씨를 뿌려요
똥 잘 싸고 쓸 데 쓰고
여기저기 쏘다니며
가끔 시원하게 쑥떡도 쏘아붙이며
씨발랄하게

나무아내보살

폭포수처럼 비가 내리던 밤
바위처럼 앉아 그 비를 다 맞으리라던
그대는 빛나는 단단함이었지
눈 한 번 꿈쩍 않고 외마디 비명도 없이
눈물로 목욕하리라던 그대는
고해를 건너는 방랑자였지
절벽을 타고 오르고 마침내 그 끝에서
천만년을 기다리라던 그대는 사랑의 눈동자였지
나도 없고 나의 마음도 없이
그대처럼 꿈꾸리라던 그대는
멀고 험한 여행길을 알뜰살뜰 챙기던 나의 동반자
새벽을 밟고 일어나 어깨가 찢어지도록
히말라야를 넘는 새처럼 청아한 힘으로 날아다니던
나의 아내여
어느덧 지친 어깨로 돌아와 둥지를 보살피는 그대를 본다
언제부턴가 아프다며 물리치료며 한방 치료를 하다 결국
어깨 수술하고 퇴원한 아내의 머리를 감겨 주며
나무아내보살

500원의 추억

내 나이 10살, 오백 원짜리 종이돈을 선뜻 내주시던 부모님의 뜻을 나는 아직도 넘어서질 못했다 그 지폐가 학이 그려진 500원짜리 동전으로 바뀌었지만 나는 아직 학처럼 여물지도 못했다

19살에 시집와 냉이꽃보다 일찍 핀 어머니는 늘그막에 홀로 고추 농사로 번 돈, 매운 지폐 몇 장을 슬쩍 며느리 손에 쥐여 준다 생일날 맛난 것 사 먹으라며, 어느새 배추를 백 포기 넘게 가꿔 놓으셨다 선생은 마음 씀씀이가 알싸해야 한다 애들한테 잘해라, 힘들 텐데 어서 가라며 점심상 물리자마자 등 떠민다

겸연쩍게 서서 돌아보니, 벽에 걸린 가족사진이 물끄러미 나를 바라본다 오래된 시간들이다 생생한 한때다 과거는 왜 그리 넉넉한지,

50년 전 오백 원이 지금은 오만 원의 값어치는 되었을 터이지만 적어도 하루에 500원의 선행은 하며 살아야 하지 않을까, 나도 모르게 뒤통수로 손이 올라갔다 돼지 저금통을 가르던 날처럼 커다란 칼이 쩍 하고 들어오는 것 같다

송편

무슨 송편을 좋아하시나요 깨, 팥, 밤, 콩, 동부, 땅콩, 대추, 잣, ……, 송편이 맛있는 이유는 소가 들어가기 때문이죠 옛날에는 솔잎이나 소나무 속껍질을 넣어 만들었다는 송편, 소나무를 소로 넣어서 송편이라는데 솔잎을 깔고 찌는 것으로 대신하니 세상 좋아진 거죠

송편을 왜 반달 모양으로 빚어 만들었을까요 둥근달은 사그라들지만 반달은 차오르는 달이기 때문이래요 하얀 송편 빚으며 반달처럼 희망이 차오르는 한가위에는 보름달 보면서 소원을 빌어 보세요

아무리 멀리 있어도 거울처럼 떠오르는 얼굴이 있어요 곧 떠날 것들을 넉넉하게 배웅하며 오늘은 반달처럼 웃어요 좋아하는 송편이 아닌 싫어하는 송편도 먹어 보면서 내내 수고한 손이 하나씩 빚어 내는 사랑을 배워요

착각

봄이다,
같이 겨울을 이겨 내 한통속인 줄 알았는데
제각각의 얼굴과 향기로 봄은 구성지다

다 같은 꽃이라고 퉁치지 마라
진달래와 개나리가 섭하다
목련과 벚꽃이 슬프다

등나무꽃과 오동꽃이 다르듯
우리도 다 다른 꽃들이다
같아지려 하지 말자
같다고 착각하지 마라

미나리아재비 개불알꽃을 깔보지 마라
너도바람꽃이 꽃술을 펼친다
너도밤나무냐 나도밤나무다
같지만 다른, 다르지만 같은 우리
다 같다고 착각하지 마라

부흥이발소

꽃무릇 만개한 부흥이발소
아버지 단골 이발소이다

바오밥나무와 나이아가라폭포가 걸린 벽장
안동 하회탈이 호젓한 호숫가 갈매기와 놀고
빛바랜 풍경화, 액자 속의 물 긷는 소녀가
농협 달력을 몇 번이나 갈아 치웠을지 모르는

달라진 것이라고는
전화 한 통으로 안심 콜 출입 관리, 080 전화번호와
대화할 때는 마스크 착용, 매장 내 거리 두기 실천이 붙었다는 것

점심 식사 중인 주인장 불러 꽃무릇 이쁘게 피었네요 하자
그게 뭐 대수래유, 저 앞 논밭마다 가을이 흐드러지네유 한다

갑자기 이발소를 차리고 싶다던 어느 시인님 생각이 났다
왜 하필 이발소예요 하니 이야기 발명 연구소를 줄여 이발소지

허허허 웃으시던 그런 이발소 같은 꽃무릇 만개한
부흥이발소에 다녀왔다, 아버지와 함께

수류화개

목련이 피기도 전 매화나무는
허리가 잘리고 뿌리까지 뽑혀 나갔다
참혹하게 찢긴 육신에서 하얀 피눈물이 피었다
벌들만이 휘청거리며 조문하였다
처참한 향기 속에 뒤뜰이 헐렸다

산새들 술래잡기하던 곳, 사람들의 선한 웃음과 만나던 곳, 바람이 서늘한 빗질로 가르마를 타던 곳, 세월도 모르고 모양도 없이 매실만 키우던 뚝심이 버티고 있던 곳, 쏟는 정성 없어도 제 홀로 넉넉하고 살갑던 곳, 부채를 펼치듯 푸르게 흔들리던 곳, 호두나무 감나무 이웃하며 오손도손 비 맞던 곳, 소박하게 물 길어 올려 제철마다 꽃 밥상 차리던 곳이 송두리째 뽑혀 나갔다

꽃상여가 앞산을 오른다
물 따라 꽃 따라 울음이 간다

아침 밥상

참새 여섯 마리가 아침을 쪼아 먹는다 치자
콩알만 한 심장이 콩닥거리는 소리를 듣는다 치자
그 여섯 마리가 언제부터 사이좋게 어울려 살았는지
매일 함께 아침을 쪼아 먹는지 모른다 치자
그들이 가족인지 친구인지 아니면 잠시 한자리에 모인 이웃인지 상관없다 치자 저녁까지 어울려 놀고 잠은 어디서 자는지 비밀이라고 치자

살아 있음이 기적이다

가설 주차장 자동차 바퀴 밑에서 무엇을 먹는지 모른다 치자
어디로 날아갔는지 언제 또 날아올지 기약 없다 치자
여섯 마리의 참새가 아침을 쪼아 먹는다 아주 작은 풀씨,
아직 그들의 모이가 남아 있음이 기적일 뿐이다
잠깐 참새들의 조촐한, 아침 밥상을 보며

나의 기억 속에 여섯 식구가 참새처럼 쫑쫑거리며 아침을 먹던 시절이 잠시, 떠올랐을 뿐이라고 치자

다알리아

환희를 닮은 꽃
입술이 저절로 노래하고
눈이 환해지고 눈썹이 빛나고
가슴이 맑아지는 이름
다알리아

기쁨을 빚어 놓은 듯한
펜촉을 가지런히 꽂아 놓은 듯한
사랑의 단어들을 또박또박 써 내려갈 것 같은
발레리나의 발끝 같은
다알리아
한 다발
사 들고 가는 그녀를 보았다

햇살 한 다발이 안겨 간다
어디로 가는지 다 알리아

뒤꿈치

파르테논신전의 기둥 같은
꿈의 아킬레스건

사막을 걷고 산맥을 넘어
대륙을 일군 자리다
목마를 탔던 자리다
알을 품는 자리다

사랑하는 사람은
뒤꿈치를 겨냥한다

나는 누구의 뒤꿈치를
보고 걸어왔나

담

담에 보자
담 들어
고생한 날
몇 날인가

담에 보자
담장을 치던 말
몇 번인가

담에 기대
새우잠 자던 날
몇 밤인가

지구

나에게는
공룡의 발자국이 새겨진 가슴이 있다
티라노사우루스의 이빨이 남긴 상처가 있다
양치식물의 지문이 새겨진 비석과
떨어져 죽은 새들의 좌표가 있다
사라진 벌들의 무덤이 있다
나는 무수한 꽃들의 산파이자
장의사다

끝없이 헤엄치는 파도로
불같은 울화통을 다스리며
태초의 항구를 건설했다

인간이란 외계 생명체가 오기 전까지
나의 항구는 평화로웠다

음식 탐구

결성 읍내 어딜 둘러봐도
21세기는 아직 오지 않은 동네
그곳에 맛집이 들어왔다
유명인이 다녀간 후
맛의 탐구 활동이 시작되었다
인문학적 음식 기행,
음식 탐구 맛집 탐방,
서울에서 외제차가 납시고
번호표를 받아 대기하는 시간이 길어진다
윙윙거리고 붕붕거리는 주차장 옆
덩달아 장이 열리고
서리태 콩 머리에 이고 온 시골 할매 앉았다
옥수수 다발, 토속 된장, 열무 몇 단도 따라와 앉았다
눈요기와 흥정보다 헐한 거래는 이내 파한 자리
석당산에 붉은 해 걸릴 때까지
칼국숫집 밀가루는 큰 배 타고 와 정박 중이다

콩

부석사 배흘림기둥 들어가는 길목에 콩세계과학관이 있다. 배흘림기둥에 놀라고 콩의 원산지가 한반도라는 것에 더 놀란다. 두부 내리고 메주 쒀 장 담그는 날, 부뚜막과 가마솥, 콩밭 매는 아낙네는 찾을 수 없고, 콩 바심하던 마당에서 도리깨 맞고 튀어 나가는 콩 줍기 바빴던 시절 다시 오지 않겠지만, 콩잎에 맺힌 이슬 털며 학교 가던 어린 시절, 그립지도 않지만. 콩 한 줌도 남의 나라에서 얻어먹어야 하는 처지는 면해야 하지 않을까, 콩 한 쪽도 나눠 먹어야 한다는 옛말이 꼬투리에서 튀어나온 콩처럼 눈앞에서 튀지만, 얼른 줍지도 못하고 콩과 보리를 구분 못 하는 숙맥이 된 듯, 부석사 배흘림기둥만 돌아볼 것이 아니라 콩 심은 자리 콩 나고 팥 심은 자리 팥 난다는 말도 새겨볼 일이다

제4부

선별 진료소

줄이 길다
푸른 방호복이 분주하다

형제자매님들, 선생님들, 간편하고 빠른 전자 문진표를 이용하세요, 앞사람과 거리를 띄우세요, 기다려 주세요, 이리로 오세요, 한 줄로 서세요, 10번 주차장 선별 진료소는 그렇게 방주에 오르듯 하얀 천막 안으로 향하는 사람들의 행렬로 아침 9시부터 장사진이다 5일장을 옮겨 놓은 듯, 일상의 풍물이 PCR되고 있다 DNA를 수백만 배 증폭시키는 기술, 중합 효소 연쇄 반응에 3년이라는 시간이 멀어져 갔다

오늘도 우리의 코로나 언어는 뱀처럼 허공을 핥을 뿐이다
점점 길어지는 선별 작업, 나는 어떤 바구니에 담길까
점점 멀어지는 끄트머리
불안이 꿈틀거리는 현장

새해

새해에는 복덩이가 되자
복을 빌어 주는 복덩이가 되자
동글동글 말하고
탱글탱글 빛나고 덩실덩실
신나게 물결치자
하루를 반갑게 맞이하고
웃음꽃을 한 다발 선물하자
가장 우아한 지적 생명체가 되자
지구에서의 여행을 스스로 복되게 하자
태즈메이니아데빌에게도 미안해하자
파충류에게도 복을 빌어 주자
식탁의 논리로 독버섯을 평가하지 말자
자기만의 이유로 걸어가는 자유의 가슴이 되자
영혼의 수맥을 가진 치유의 샘물이 되자
목마름으로 가는 여정을 수놓는
윤슬이 되자

겨울은 별을 생각하는 계절

겨울은 이제 막
배꼽이 떨어진 아이처럼

조그만 손으로
하늘을 움켜쥔다

꿈의 가슴에 꼭 붙어
젖을 물고 있다

별을 닮은 눈망울이
속눈썹 아래
새근새근 잠들었다

날개

인생의 날개가 있다면
어디로 날아갈까
우주가 아니다 사막도 아니다
생명을 생명답게 하는 땅
참나무 숲에 깃들어야 한다
아침 안개 피어나는 우포늪 같은
영험한 향기가 서려 있은 곳
우직한 어깨가 이어진 다랑이논이어야 한다
날개가 아니다 심장과 머리다
뜨거운 열정과 차가운 머리로 날아야 한다
바람이 알려 주는 길을 따라 태초부터,
16g의 제비는 끝없는 바다를 향해 날아간다
죽음의 바다를 건넌다
처절한 비행, 그래서
제비는 인정 많은 사람의 처마에
둥지를 틀고 새끼를 기른다
둥지에서 떨어진 제비 새끼의 날개가 되어 주는
손 날개가 있다는 것을 알기 때문이다
인생의 날개는 누군가의 가슴을 향한
따뜻한 손이다

팔을 벌릴 때다

인정이 날아오를 때다

침묵의 방언들

길상사 오르는 길
침묵이 나를 따라왔다
목탁 소리도 독경 소리도
침묵의 방언을 읊조리고 있었다

단풍도, 마리아상도, 가난의 망각도, 삶의 공허도, 증오와 아둔함도, 아름다움의 언사도 길상사에선, 그저 침묵의 방언일 뿐이었다 우아한 서울의 실루엣과 일회용품 같은 몰락의 밤도 상념의 오아시스일 뿐, 대웅전에 들어도 열망의 거품은 쉬 가라앉지 않았다 백팔 배는 멀미를 부르고 명상의 여백은 날카로웠다

돌아 나오는 길
심해를 꿈꾸지만 늘 갯벌에서 허둥대다 나온 기분이다 산다는 것은 그런 것인가 움직일 수 없는 것들로 가슴을 누르고 가난한 시간으로 돌아가는 것인가 아무도 알아들을 수 없는 침묵의 방언을 주워 삼켜야 하는 것인가
침묵으로 돌아가는 여정일 뿐인가

봄의 비밀번호

청춘들이
벚꽃 만발한 길을
뛰는 듯 걷고 있다
남녀노소 불러 모은
비밀번호가 궁금하다
까르르 터지는
웃음이 하얗게 쏟아진다
젊음의 환호성이 피었다

벚꽃 아래에 서면
그대와 함께 아름다운 문을 따고 들어가
이야기 한 편을 공동 창작하고 싶다
신들린 문장을 풀어내고 싶다

눈빛 부서지는 사랑의 궁전에
봄의 비밀번호가 피었다

인다라망*

세상에서 가장 높은 산은 에콰도르 침보라소산이다
지구 중심에서 가장 높은 산이기 때문이다
에베레스트보다 높은 산이 있다
해발고도는 하나의 기준일 뿐
미의 기준 생활의 기준 젊음의 기준
부의 기준 행복의 기준 사랑의 기준
맛의 기준 가치의 기준 생각의 기준
꿈의 기준 성공의 기준 향기의 기준
시의 기준 따위는 없다
색깔로 가르마를 타는 일도 없어야 한다
개미의 하늘과 앨버트로스의 하늘은 천지 차이다
염성 1리 마을회관에 제비 한 쌍이 날아왔다
용하다 용해, 아침마다 나가 문안 인사를 올린다
1년 사이 논 수십 마지기가 사라지고
농산물 유통 센터가 들어섰다
제비의 먹거리 장터는 줄어들고
곡교천 유원지 길거리 장터는 북새통이다
아이들이 노랗게 줄을 섰다
기준을 잡아, 제식훈련 하듯
종대 횡대로 늘어놓아야 직성이 풀리는

기준충이 우글거린다
하나의 기준으로 세상을 보기 시작하면서
기계충이 되어 간다
머지않아 인간의 기준도 사라질 것이다
기준이란 게
바닷속 단단한 껍질로 무장한 꽃게 같은 거다
부드러운 문어에게 힘없이 잡아먹히는
부드러운 그물코에 걸리면 옴짝달싹 못 하는

* 인다라망因陀羅網: 불교의 신적 존재 가운데 하나인 인다라Indra, 즉 제석천의 궁전을 장엄하는 그물을 가리키는 불교 용어(한국민족문화대백과사전).

상냥하지 말자

거짓말에 상냥하지 말자
이제는 사냥하듯, 거짓말을 잡아먹자
그게 더
살아 있음이다

살기로 살자
상냥하지 말자
사냥꾼에 쫓기는 한 마리 짐승이 될지라도
죽기 살기로 도망치지 말자

봄은 한 번도 겨울에 굴복한 적 없다

어느 날 편의점을 나서며

나는 보았네
도로를 건너는
출렁이는 머리카락
검정 고무줄로 동여맨
새의 꽁지 같은 말총머리
아이를 안고 날아갈 듯 뛰는
그녀의 빛나는 출근을

이른 아침,
작은 새의 지저귐 같은
머리칼의 잔물결이 일렁였다
사랑의 파도가 넘실거렸다

나는 보았네, 편의점의 상품처럼
가지런히 진열될 수 없는
새벽 시장의 펄럭임을
풍경으로 정의될 수 없는
생의 진저리를

어디서 오셨어요

고산사 대광보전
5월의 마룻바닥에 누워
가만가만 삼배를 올렸다
40년 만에 찾아간 고찰

어디서 오셨어요
나는 아무 말도 못 했다
비구니 주지 스님은 한사코 물었다
어디서 오셨어요

나는 어디서 왔을까
어디로 가는가

합장하고 나오는데
해우소 둥근 문고리가
나를 잡아당겼다

아버지의 자리

외출이라도 한번 할라치면
칠십이 훌쩍 넘은 나의 어머니는
꼼지락거린다고
팔십을 훌쩍 넘은 나의 아버지를 타박하신다
핀잔을 늘어놓으며
속옷이며 양말이며 겉옷을 챙겨 입히신다
운동화까지 챙겨 대령하신다
어머니가 서두를수록 아버지는 여유 만만
주머니에 지갑이며 시계며 손수건 등을 일일이 점검하신다
그리고 거울 앞에서 듬성듬성 남은 흰머리를 한참 빗는다
아버지의 자리가
어머니의 손끝과 말끝에서 위태롭다
그러나 여전히 아버지는 꼼지락이시다
꿈의 자락을 정성껏 빗어 넘기신다
아버지의 자리는 가장과는 거리가 멀었지만
늘 가장자리였다, 중심을 지키는
어머니가 그렇게 눈을 흘겨도
지팡이는 끝내 짚지 않으신다

판도라의 상자

모든 게 꿈이었다
희망보다 짧은
하룻밤이었다

고통 없이
죽음이 나를 삼킨다면
그것은 하나의 문이다

나의 정신을 갉아먹는
벌레들
낱낱이 쏟아져 나왔다

슬픔이 나를 해부하는
밤이었다

진실의 무덤이 파헤쳐졌다
나의 눈과 혀가 뽑히고
심장은 굴러떨어졌다

탐욕이 하나씩 열리던 밤이었다

시는

원래
시는 시린 맛이다
눈살을 찌푸리게 하는 거다
눈물 짜는 매운 맛과
시금털털함을 가졌다

4분 33초, 침묵을 연주하듯
잡음을 잡아 가둬야 한다

슬플 때나 기쁠 때나 벗이 되는
한 잔의 소우주처럼
달지만은 않다
원래

토왕성폭포 앞에서

아무도 모르게 아무것도 아닌 듯
여름 한때를 쏟아 내는 폭포
파멸의 절벽을 가르는 칼자루 하나
그 앞에 서면 하얀 피가 솟는다

보람을 깎아 세운 하얀 절벽
그대 가슴에서 미끄러지고 까마득히,
무변의 시체로 부서지는 우레처럼
나는 추락을 꿈꾼다

가문 세상에 창을 꽂듯 내리치는
토왕성폭포가 되고 싶다
여름 한철 거침없는 사랑이 되고 싶다
한겨울에도 쓰러지지 않는 파수꾼이 되고 싶다

십시일반

관광지 주차장 바닥에 둥지를 튼
꼬마물떼새의 모정을 봅니다
노랑부리저어새의 지친 발목과
슬픈 도요새의 눈동자를 봅니다
그 눈동자를 가만히 들여다보면
언제 닥칠지 모르는 침묵의 봄을 읽을 수 있습니다
농약 중독으로 쓰러진 독수리의 절망을
지렁이 사체를 빨고 있는 쉬파리의 전장을 지나 용감하게
아이스 아메리카노 한 잔을 테이크아웃하지 마세요
옳은 일을 옳은 장소에서 올바른 방법으로 해야 합니다*
한 술의 밥을 담아 주듯 마음을 치유하는 길은
지금 누군가의 밥그릇을 생각하는 것입니다
꼬마물떼새와 노랑부리저어새와 도요새의 한 끼를 걱정하는 것입니다
북극곰의 눈물과 펭귄의 이주를 걱정하는 사람과 만나고
말라 가는 지렁이 사체에서 지구의 숨소리를 진찰할 줄 알아야 합니다
마음을 펴 날라야 합니다
한 술의 마음을 떠 주어야 합니다

* 이종욱 박사의 말 인용.

해 설

작고 가여운 것들을 기리는 다정한 시인의 마음

강회진(시인, 문학박사)

오늘을 기다렸어요

모 학회 참석 후 늦게까지 이어진 뒤풀이 자리에서 시인과 나는 서로의 건너편에 앉아 있었다. 막차 시간이 다 되어서야 자리에서 일어난 몇몇은 서울역 계단을 뛰어 간신히 장항선 기차에 올랐다. 식당 칸 바닥에 신문지를 깔고 앉아 낄낄대며 캔 맥주를 마셨다. 시시껄렁한 문학 이야기, 고향 이야기 등을 두서없이 나눴다. 천안역에서 다정하게 손을 흔들며 그가 먼저 내렸다. 그의 뒷모습이 바람을 닮았다고 잠깐 생각했다. 오래전 일이다. 시인과 나는 같은 고향 출신으로 지금은 사라진 소읍의 여고와 남고를 졸업했다. 그리고 같은 학교의 대학원에서 시를 읽고 시를 쓰며 졸업했다. 우연치고는 아주 큰 인연이라 할 수 있겠다. 그 시인은 바로 이오우이다.

시인은 2005년 『시와창작』 신인상을 받으며 작품 활동을 시작하였다. 현재 충남의 한 지역에서 고등학교 국어 교사로 재직 중인 시인은 어느 날 『어둠을 켜다』(2018)라는 시집을 보내왔다. 그의 첫 시집이었다. 표사를 쓴 이정록 시인은 "시를 읽는 동안 강물을 가로지르는 수달의 숨소리가 들렸다"라고 말했다. 이후 "새 소리를 들으며 새 소리를 생각하며 새 소식을 기다리"던 시인은 "바람의 울음 안으로 들어가 울음통이 되어" 두 번째 시집 『바람의 경지』(2020)를 펴냈다. 이 시집에 부친 시인의 말에서 시인은 "슬픔과 겸허의 사막을 걷는 순례자여 나는 그대 입술에 녹고 싶다 하얀 뼈를 감싸는 바람처럼 다시 태어나고 싶다"고 고백한다. 그리고 그 고백처럼 "맹그로브 숲"을 자유롭게 비상하는 한 마리 '새'가 되어 세 번째 시집 『새를 그리다』를 엮었다. 다시 태어난 '새'가 보내는 다정한 시인의 전언을 함께 펼쳐 보자. 바로 오늘! "오늘을 기다렸어요".

> 오늘을 기다렸어요
>
> 오늘만큼 소중한 날은 없으니까요
>
> 가벼이 재잘재잘 훙얼훙얼 또랑또랑
>
> 어울렁 더울렁 소울을 노래해야죠
>
> 오늘은 처음이죠 시작이죠
>
> 새벽과 입맞춤하니 부리부리하네요

새로 시작하는 거죠

대지를 박차고 올라

꿈의 날갯짓에 박차를 가해야죠

부리의 노래는 불의를 모르죠

나는 오늘의 옷을 새로 입을 거예요

새를 그린 옷을 입고

새로 그린 오늘을 살 거예요

—「새를 그리다」 전문

오늘은 새로운 새가 꿈꾸는 새로운 오늘, 그러니 "오늘만큼 소중한 날은 없"다. 나는 "대지를 박차고" 날갯짓하는 한 마리 새가 되고 싶다. 불의를 모르는 새가 되고 싶다. 그러한 "새를 그린 옷을 입고/ 새로 그린 오늘을 살"고 싶다. 시인이 간절히 바라는 "새로 그린 오늘"은 어떤 날들일까? 상상하기 전에, 시인은 어떤 마음의 소유자인가 시집을 펼쳐 본다.

시인은 작고 미약하고 가여운 것들을 기리는 따스하고 다정한 마음을 지니고 있다. 대체로 남들이 눈여겨보지 않는 것들에게 눈길을 준다. 시인에게 이러한 대상은 하나같이 사연과 그만의 내력을 지니고 있는데, 일테면 이런 것들이다. "수영하다 힘이 빠져 익사"한 소, "폭염에 말라 죽은" 도마뱀 새끼, "유리창에 머리를 박은 참새 한 마리", "거미줄", "자작나무 아홉 그루", 학생들 하교하는 골목에 자리

한 "족발", 급식 시간에 식판에 담은 "꽁치 한 토막", "한낮의 땡볕에 쓰러진 길고양이 새끼"들을 허투루 보지 않는다. 체험과 상상력이 만나 서정의 의미를 탐색하는 과정에서 시인이 주목하는 것은 바로 이처럼 주변의 사물이나 자연, 소소한 것들에 대한 따스함이자 현실에 대한 문제의식이다. 이런 시인의 고민의 흔적을 따라가 보자.

관광지 주차장 바닥에 둥지를 튼
꼬마물떼새의 모정을 봅니다
노랑부리저어새의 지친 발목과
슬픈 도요새의 눈동자를 봅니다
그 눈동자를 가만히 들여다보면
언제 닥칠지 모르는 침묵의 봄을 읽을 수 있습니다
농약 중독으로 쓰러진 독수리의 절망을
지렁이 사체를 빨고 있는 쉬파리의 전장을 지나 용감하게
아이스 아메리카노 한 잔을 테이크아웃하지 마세요
옳은 일을 옳은 장소에서 올바른 방법으로 해야 합니다
한 술의 밥을 담아 주듯 마음을 치유하는 길은
지금 누군가의 밥그릇을 생각하는 것입니다
꼬마물떼새와 노랑부리저어새와 도요새의 한 끼를 걱정하는 것입니다
북극곰의 눈물과 펭귄의 이주를 걱정하는 사람과 만나고
말라 가는 지렁이 사체에서 지구의 숨소리를 진찰할 줄

알아야 합니다

마음을 펴 날라야 합니다

한 술의 마음을 떠 주어야 합니다

—「십시일반」 전문

세상에 모든 것은 살아 있는 것이다. 보이지 않는다고 없는 것이 아니다. 모든 것은 서로 연결이 된다. 일테면 "노랑부리저어새의 지친 발목"과 "슬픈 도요새의 눈동자"를 볼 줄 아는 마음, 그 마음은 "북극곰의 눈물과 펭귄의 이주를 걱정하는 사람과 만나"고 싶은 마음과 이어지고 "지구의 숨소리를 진찰할 줄" 아는 마음으로 이어진다. 그러나 이러한 마음을 잃는 순간 우리는 "침묵의 봄"을 맞이할 것이다. 이를 막기 위한 방법은 무엇인가? 그것은 "옳은 일을 옳은 장소에서 올바른 방법으로 해야" 하는데 그것은 바로 "지금 누군가의 밥그릇을 생각하는 것"처럼 현실 문제를 극복하고자 하는 방안 혹은 대안으로 이어진다. 우리는 우리의 "마음을 치유하"기 위해 "지구의 숨소리를 진찰할 줄 알아야" 한다. 그러나 이것은 혼자만의 힘으로는 불가능하다.

혼자라면

그 먼 길을 어찌

올 수 있었으리

홀로라면

그 먼 길을 어이

갈 수 있으리

함께여서

오고 가는 길

힘차구나

벅차구나

—「새 떼들」 전문

"혼자"서는 먼 길을 갈 수 없고, 올 수 없다. 그 길은 "함께"여서 "힘차"게 오갈 수 있으며 '벅찬' 길이 될 수 있는 것이다. 그러나 그 "함께"는 아무나와 만들 수 없다. 그들이 꼭 갖추어야 할 조건이 있음을 시인은 주문한다. 그것은 바로 "별을 노래하는 눈동자를 오래 기억"하며 "잃어버린 시간 위에서 더 이상/ 미끄러지지 말"(「그해 여름」)고 함께 가는 것이다. 과연 시인이 말하는 "별을 노래하는 눈동자를 오래 기억"하는 마음이란 무엇인지 궁금해하지 않을 수 없다.

별을 노래하는 눈동자를 오래 기억하는 마음으로

호모 메모리쿠스Homo Memoricus, 인간은 기억하고 추억하는 존재다. 기억과 망각은 항상 우리 삶과 함께한다. 우리는 종종 아무것도 기억할 필요도 없고 망각할 이유도 없는 삶을 상상하지만, 기억과 망각이 없는 삶이란 있을 수 없다. 삶은 기억의 연속이다. 우리는 살아가면서 기억하고, 망각할 수 있기에 살아갈 수 있다. 때로 인간의 삶과 관련된 기억은 잔인하여 트라우마로 남기도 한다. 그런데 여기, 애써 불행과 상처를 안으려는 시인의 기억이 있다.

그해 여름, 송악면 동화리 마을에 큰 장마가 들었다. "소들이 수영하다 힘이 빠져 익사"하거나 가까스로 살아남은 소들은 산으로 오르기도 했다. 물이 넘쳐 댐이 무너지고 사람들이 죽어 나갔다. 자갈밭의 참깨들도 물에 쓸려 내려갔다.

우리는 입을 잃어버렸다
웃음의 빛깔도
숨결의 통로도 모두 잃었다
누군가 여름을 매점매석했다
하늘도 격하게 눈물을 뿌렸다

소들이 수영하다 힘이 빠져 익사하고
더러는 흙탕물을 간신히 빠져나와
입산한 날도 있었다

만삭의 댐이 해산하는 순간

수초에 매달린 죄 없는 사람들이 수장되었다
송악면 동화리 1구 부녀회장네
자갈밭 참깨들도 행방불명이다

장마에 도마뱀이 새끼를 쳤다
폭염에 말라 죽은 녀석은
꼬리를 베고 와불처럼 누웠다
나뭇잎이 이상한 기운을 알아차렸다
입을 조금씩 다물고 숨을 고른다
나는 이제 누구와 싸워야 하나

까치와 다람쥐의 연합군이 쳐들어왔다
매달린 것들을 약탈한다
나는 속수무책, 참새들도 까치 편이다
백로는 뒷짐만 지고 있다
개구리도 숨죽였다
꿀벌처럼 일해도 꿀을 따 가는 놈은 따로 있다
나의 싸움은 헛수고가 되기 십상이다

나는 나의 아침과 싸울 뿐이다
잃어버린 영토를 찾아 떠나자
별을 노래하는 눈동자를 오래 기억하자

전율의 음성을 뼈에 새기며 맘껏 울어 보자

잃어버린 시간 위에서 더 이상
미끄러지지 말자

—「그해 여름」 전문

"나뭇잎이 이상한 기운을 알아차렸다/ 입을 조금씩 다물고 숨을 고"르는 어수선하고 정신이 없는 현실을 시인은 "잃어버린 시간"으로 명명한다. 그 시간 속에서 "나는 속수무책"이다. "꿀벌처럼 일해도 꿀을 따 가는 놈은 따로 있"으니 결국 "나의 싸움은 헛수고가 되기 십상"임을 깨닫는다. 그러나 그 누구도 탓하지 않는다. 단지 "나의 아침과 싸울 뿐이다". 그 과정에서 이미 사라진 것들을 되찾기 위해, "잃어버린 영토를 찾아 떠"나기 위해서는 "별을 노래하는 눈동자를 오래 기억하"는 자세가 필요함을 깨닫는다. "푸른 하늘 아래 나무들이 일제히 입을 열고 신비한 주문을 외우"(「봄밤」)듯 '누군가 매점매석한' 여름을 되찾기 위해, 우리는 잃어버린 입과, 웃음과 숨결의 통로를 되찾기 위해 순수한 서정의 마음을 기억해야 하는 것이다. 이때의 '서정의 마음'은 거대하거나 화려한 것이 아니다. 그것은 바로 "어스름한 저녁/ 달빛을 버무리고/ 별자리를 보듬는/ 초월을 꿈꾸는, 약속"(「거미줄」)을 기억하는 것과 같은 것이다. 과거에 한 사건이 벌어졌다. 그런 일은 또다시 일어날 수 있다. 바로 이것이 시인이 말하고자 하는 것이다. 그러니 우리는 끊임없이 기억하고 기억해서 "잃어버린 시간 위에서 더 이상/ 미끄러지"는 일이 없어야 한다.

나에게 전화를 했다
오랜만이라고

노을이 붉은 저녁
눈을 감듯 지는 해를 배웅할 때
억새꽃과 모래톱 사이에서
웅크리고 있던 바람이 들려준
신음 같은 소리
사그라드는 음성이었다

어깨가 잘린 산등성이
높이 솟은 철탑에 걸린
검은 핏줄을 타고 흐르는
만질 수 없는 감도였다

누구도 귀담아듣지 않는
미군 아파치 헬기의
능숙한 조종술에 쫓긴
철새들의 부리 끝에 매달린

여물고 차가운 울음이었다

가을이 나에게 전화를 했다
잘 지내고 있느냐고

샛강 바닥으로 어둠이 깔릴 때
깜박이는 별빛을 이야기하자고 했다

푸른 언덕은 고속도로
황금 들판은 지방 도로
빛은 그렇게 쏘다니느라
검은 얼굴이라고,
뒤통수는 어둠이라고 했다

어둠을 몰아내는 너와 나의
꿈은 어디로 갔느냐고

가을이 내게 물었다

—「전화를 했다, 가을이」 전문

어느 가을날, 시인은 전화를 받는다. 가을이 전화를 하다니, 이 얼마나 아름다운 장면인가. 그러나 시인이 듣게 된 것은 안타깝게도 "억새꽃과 모래톱 사이에서/ 웅크리고 있던 바람이 들려준/ 신음 같은 소리/ 사그라드는 음성"이다. 그 소리는 마치 "높이 솟은 철탑에 걸린/ 검은 핏줄을 타고 흐르는/ 만질 수 없는 감도"를 지녔다. 미군 헬기에게 하늘을 빼앗겨 자유를 잃은 "철새들의 부리 끝에 매달린/ 여물고 차가운 울음"과도 같다. 시인에게 전화를 건 가을의 풍경은 어떠한가? 푸르렀던 언덕은 고속도로로 바뀌고 황금 들판은 지방 도로로 바뀌었다. 발전이라는 명목하에 자행되는 무자비한 자연의 파괴는 "검은 얼굴"을 하고 있다. 이제 "샛강 바닥으로 어둠이 깔릴 때" 볼 수 있던 "깜박이는 별빛"들은 전설 같은 이야기 속에서나 만날 수 있다. 한때 "너와 나"는 "어둠을 몰아내"고자 하던 "꿈"을 갖고 있었다. 그러나 그 꿈을 잃은 지 오래, 그 "꿈은 어디로 갔느냐고" 그 기억을 잃은 너는 지금 "잘 지내고 있느냐고" 가을이 묻는다. 이제 우리는, 시인은 이 물음에 답을 할 차례다. 시인은, 우리는 과연 어떤 답을 할 것인가? 다음 시를 보자.

> 언제부턴가 어깨가 뻐근하더니 새벽마다 왼쪽 어깨에 찾아오는 통증에 잠이 깨곤 한다 통증의 꿈틀거림이 대뇌피질을 스멀스멀 파고들 때, 여기저기 굴러다닌 양은 주전자처럼 얼굴은 일그러지고 몸은 골병든 사과처럼 구석에 처박힌다 오십견이라는 자가 진단을 내려 보지만 벌레가 기어다니는 몸을 어쩔까,
>
> 기다려 보자 통증의 자리, 울음 터 하나쯤 만들어 보자

의사의 집도를 허락하기엔 아직 이르다 내가 키운 것이니 내가 길들여 보자, 살살 어루만져 보자, 이리저리 뼈마디를 돌려 가며 오므렸다 폈다 하며 날갯짓하듯 팔운동을 하면서 인내의 먹이를 주자

파멸에서 시작이다, 내 살기를 파먹고 너는 성충이 되고 몇 잠을 자고 나면 나비가 되어 날아가겠지, 나는 너의 빈 자리를 기억하겠다 파스처럼 붙었다 떨어져 나간 너의 기억을 향해 나는 한 번 더 날갯짓을 할 것이다

—「나비」 전문

시인은 "새벽마다 왼쪽 어깨에 찾아오는 통증에 잠이 깨곤 한다" 통증으로 "얼굴은 일그러지고 몸은 골병든 사과처럼 구석에 처박"히고 "벌레가 기어 다니는" 것 같은 고통을 겪는다. 그러나 그 "통증의 자리"를 차라리 "울음 터"로 바꾸어 "살살 어루만져" 기꺼이 자신의 살을 내어 주기로 한다. 이때 필요한 것은 "인내"이다. "파멸"을 "시작"으로 자리바꿈하여 고통의 자리를 기억하는 것은 "별을 노래하는 눈동자를 오래 기억하"(「그해 여름」) 는 마음과 다를 바 없다. 그리하여 "너의 기억을 향해 나는 한 번 더 날갯짓을 할 것이다"라고 고백한다. 이는 고통의 한 고비를 넘어서고자 스스로에게 하는 다짐이자 위로인 것이다.

거짓말에 상냥하지 말자

이제는 사냥하듯, 거짓말을 잡아먹자

그게 더

살아 있음이다

살기로 살자

상냥하지 말자

사냥꾼에 쫓기는 한 마리 짐승이 될지라도

죽기 살기로 도망치지 말자

봄은 한 번도 겨울에 굴복한 적 없다

—「상냥하지 말자」 전문

이제 시인은 "거짓말에 상냥하지" 않겠다고 다짐한다. "거짓말을 잡아먹"는 일이야 말로 "살아 있"는 것이라 말한다. "별을 노래하는 눈동자를 오래 기억"하는 것은 이러한 거짓말이 판치는 세상에서 "사냥꾼에 쫓기는 한 마리 짐승이 될지라도" 나 혼자 살겠다고 "죽기 살기로 도망치지" 않겠다는 마음과 같다. 결국 자신을 지키겠다는 말과 같은데 이것은 "살기로 살"아 내야 할 만큼 결코 쉽지 않은 일이다. 그럼에도 "봄은 한 번도 겨울에 굴복한 적 없다"는 것을 시인은, 우리는 믿고 있기 때문이다.

맹그로브 숲을 자유롭게 나는 새의 다짐

맹그로브 숲은 잘 알려져 있듯이 해안가나 갯벌 등 염분이 높은 토지에서 숲을 이루며 살아가는 나무다. 지구의 심장이라 불리는 탄소 저장고인 맹그로브 숲은 탄소 저장 능력이 상당하다. 지난 수천 년에 걸쳐 맹그로브는 헥타르당 1천 톤에 달하는 막대한 탄소를 저장해 왔다. 그뿐 아니라 해양 생태에도 매우 중요한 역할을 한다.

애초에 지구는 "공룡의 발자국이 새겨진 가슴이 있"고 "인간이란 외계 생명체가 오기 전까지" "평화로웠"(「지구」)던 곳이다. 그러나 지금은 어떠한가? 지구 곳곳에서는 산림 벌채가 무자비하게 진행되고 있다. 맹그로브 숲은 새우 양식장이나 매립지로 사용하거나 호텔 및 항구 등을 짓느라 손상되고 있다. 탄소는 점점 대기 중으로 방출되어 기후변화가 가속화되고 있다. 맹그로브의 손실로 배출된 탄소량은 산림 벌채로 배출된 전 세계 총 탄소 배출량의 약 5분의 1을 차지하고 있다. 시인은 이렇게 점점 망가져 가는 지구에게 싱싱한 "맹그로브 숲을 선물하고 싶다".

> 나는 그대에게
>
> 맹그로브 숲을
>
> 선물하고 싶다

붉은 뿌리

긴 호흡

탄소 저장고

맹그로브 숲을 생각하며

탄소 중립

맹그러브리자

—「지구에게」 전문

시인이 "그대에게/ 맹그로브 숲을/ 선물하"는 일은 함께 "맹그로브 숲을 생각하며" 함께 그 숲을 만드는 일과 다름없다. 이는 나아가 우리가 살고 있는 지구를 "탄소 중립"의 숨 쉴 수 있는 싱싱한 상태로 만드는 일인 것이다. 그대에게 선물하고 싶은 "맹그로브 숲"은 과연 어떤 곳일까? 시인은 묻는다. "인생의 날개가 있다면/ 어디로 날아갈까" 그곳은 "생명을 생명답게 하는 땅"(「날개」)이자 세상의 "늪"을 견딜 수 있는 곳이다.

세상 어딘들

늪이 없겠어요

브라질

초원에 사는

할아버지 말

마음을 흔드는 일을 해라

—「올라hola」 전문

"세상 어딘들/ 늪이 없겠"는가, 도처가 "늪"이다. 그 늪을 건너는 것이 삶이다. 세상은 "목련이 피기도 전 매화나무는/ 허리가 잘리고 뿌리까지 뽑혀 나"(「수류화개」)가는 일이 빈번히 발생한다. 그러나 시인은 그러한 세상에서 살아남기 위해서는 "브라질/ 초원에 사는/ 할아버지 말"처럼 "마음을 흔드는 일"을 하고 싶다. 왜냐하면 우리는 "등나무꽃과 오동꽃이 다르듯/ 우리도 다 다른 꽃들"(「착각」)이기 때문이다. 각자의 꽃을 피우고 싶은 것이다.

불쑥 찾아온 치통이 신경을 찌르는 찰나

눈물샘이 엎어진다

십 년 만에 찾은 치과

의자에 누우니 나도 모르게 두근두근

가슴에 손을 얹고 누워 크게 입을 벌린다

아, 이제 사랑니도 없고

두근댈 일도 적어지니

이런 데나 자주 오라는가

저작咀嚼을 못하면 어쩌나

아, 속 보인다 속 좀 차려라

애꿎은 어금니만 악물지 말고

저작著作에 힘쓰라는 말씀,

두근두근 가슴 뛰는 저작 말이다

오래 씹어야 맛있는 것이 어디 음식뿐이랴

가슴 뛰는 문장도 씹으면 씹을수록 맛나다

—「두근두근」 전문

"불쑥 찾아온 치통"으로 십 년 만에 치과에 간 시인은 이가 상해 "저작咀嚼을 못하면 어쩌나" 걱정하다가 동음인 저작著作, "두근두근 가슴 뛰는 저작著作"에 대해 생각한다. 시인의 마음을 흔드는 일이란 바로 '씹으면 씹을수록 맛이 나는 가슴 뛰는 문장'을 짓는 일인 것이다. 물론 이것은 쉽지 않다. "사랑니도 없고/ 두근댈 일도 적"은 시인은 스스로를 "반하고 싶은데 변한 것 하나 없네/ 혹하고 싶은데 혹시나 하고 있네/ 누군가는 열심히 시집을 출간하고/ 누군가는 대통령에 출마한다네/ 세상은 부지런히 움직이는데/ 나는 여전히 기다리기만"(「그림자」) 하는 그림자로 칭하고 있다. 그러나 "떨어지는 낙엽의 속도"(「떨어지는 낙엽의 속도」)를 언어로 구하는 일, 바로 시인이 할 일임을 누구보다 잘 알고 있다. '씹으면 씹을수록 가슴 뛰는 문장'을 짓는 일 역시 시인이 할 일임을 알고 있다.

이오우 시인의 "환희를 닮은 꽃/ 입술이 저절로 노래하고/ 눈이 환해지고 눈썹이 빛나고/ 가슴이 맑아지는"(「다알리아」) 그런 글, "신들린 문장을 풀어내"(「봄의 비밀번호」)는 글들을 읽다 보니 "두근두근 가슴 뛰는 저작"을 향해 "자기만의 이유로 걸어가는 자유의 가슴이"(「새해」)되어 노래하는 다음 전언 또한 기대된다.